Friedel Weise-Ney

Libellensprache

Bibliografische Information der Deutschen Nationalbibliothek

Die Deutsche Nationalbibliothek verzeichnet diese Publikation
in der Deutschen Nationalbibliografie; detaillierte bibliografische
Daten sind im Internet über http://dnb.d-nb.de abrufbar.

1. Auflage, August 2020

Text © Wilfriede Weise-Ney
w.weiseney@googlemail.com

Alle Bilder © Wilfriede Weise-Ney

Gestaltung: Ralf Wolf | autorenservice.net

Herstellung und Verlag:
BoD – Books on Demand, Norderstedt

ISBN: 978-3-751980-58-6

Friedel Weise-Ney

Libellen-
sprache

Friedel Weise-Ney ist Ärztin, Lyrikerin, Autorin und bildende Künstlerin (Malerei und Fotografie). Gedichte, Texte und Bilder von ihr sind in Anthologien und Bildbänden erschienen.

Einzelwerke: „Mit Schutzmaske ins Paradies", Verlag Ralf Liebe, Weilerswist 2020;
„Die Heilige vom Sperrmüll", BoD, Norderstedt 2019;
„Gabriels Himmel", Shaker Media, Aachen 2018;
„Neue Beine für Schneeweisschen, Arzt-Patientengeschichten", einhard Verlag, Aachen 2017.

Lyrikband: „Gebunden an den Lebensbaum ersehnen wir uns Flügel", BoD, Norderstedt 2016.

Für die Geschichte „Rattenfänger" aus dem Buch „Neue Beine für Schneeweisschen" erhielt sie 2017 den ersten Preis zum Reformationsgedenkjahr von Kirche und Kultur Wiesbaden.

Sie ist Mitherausgeberin von zwei Anthologien.

Inhalt

Ina

Diese kleinen Augen, die sich immer wieder in ihre Richtung drehen, sehen irgendwie unheimlich aus. Ina kann den winzigen Körper gut betrachten, denn sie hat ihn mit einem Spezialkleber fixiert.

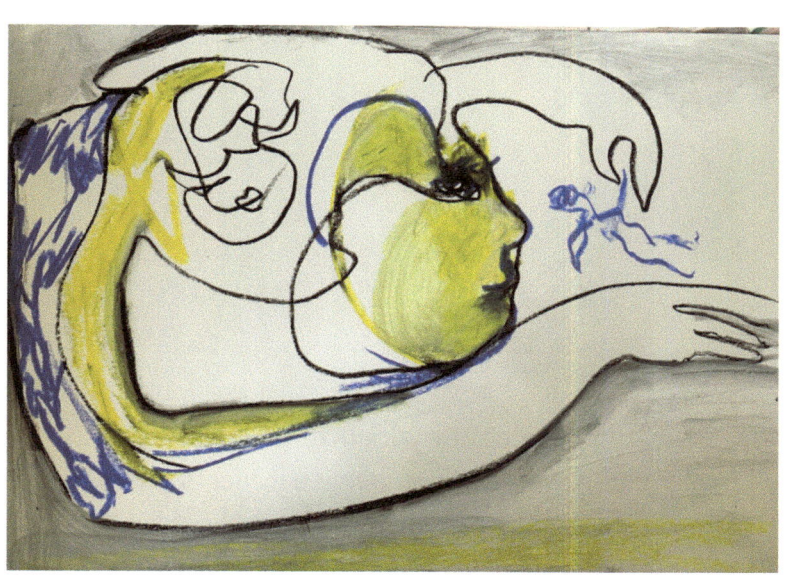

Leider sind die Flügel abgerissen, als sie das Tier mit einer Pinzette festgehalten hat. „So zarte Strukturen reißen leicht, wenn sich das Insekt bewegt", meinte ihr Vater. Er hat Ina aus der Klinik lange, dünne Injektionsnadeln mitgebracht. „Zum Aufspießen", sagte er.

Ina fühlt sich unwohl, noch nie war sie abends allein im Atelier ihrer Mutter. Aber hier gibt es Mamas gute Kamera und alles, was man sonst für Nahaufnahmen braucht. Das Atelier liegt im runden, turmartigen Aufbau einer alten Produktionshalle, in der jetzt Agenturen und Künstler untergebracht sind. Direkt hinterm Supermarkt, neben diesen gammligen Wohnblocks. Von hier hat man einen tollen Ausblick nach drei Seiten: Supermarkt samt Parkplatz und Industrieviertel, daneben die Wohnblocks und nach Osten die Dächer der Innenstadt.

Inas Vater ist Arzt, manchmal verbringt auch er seine karge Freizeit im Atelier, besonders wenn Inas Mutter unterwegs ist, bei Großkunden oder auf Designermessen. Hier schreibt er sich den Klinikfrust von der Seele. Mama hat es nicht gerne, wenn Ina oder er hinterher nicht aufräumen: „Jeder lässt seine Abfälle und Fotos auf meinen Arbeitstischen liegen! Neulich hab ich sogar verschimmelte Pommes im Papierkorb gefunden. Wenn ihr schon Dutzende Farbfotos in allen Größen ausdruckt, dann könntet ihr auch mal die leeren Farbpatronen austauschen und sauber machen. Und verhängt mir ja nicht wieder die Fenster, ich brauche die Aussicht und das Licht!"

Ina hat sich das Thema für ihre Bio-Facharbeit selbst ausgedacht: „Seltene Libellenarten an den Eifelmaaren".

Sie denkt an Alex, der sich noch immer nicht gemeldet hat. Vielleicht macht er wieder Sport, dann geht er nicht ans Handy.

Dort, wo jetzt die Windräder kreisen, am Horizont hinter den Wohnblocks, standen früher hohe Pappeln mit Krähennestern. Die Vögel sind inzwi-

schen in die Stadt gezogen. Die Menschen und die Vögel, sogar die Füchse ziehen in die Städte. Dort ist man eben schneller am Kochtopf, dort ist es im Winter wärmer.

Ina schaut auf den nahen Kirchturm am Markt, dahinter beginnt die Kastanienallee. Hier nisten die Krähen jetzt, verdrecken die Autos und machen einen Mordslärm, den man oft bis hierher hört. Ihr Freund Alex schreibt seine Facharbeit auch für den Biologieleistungskurs. Er hat unter den Kastanien schon jede Menge Aufnahmen von dem Geschrei gemacht.

„Ich kann deutliche Unterschiede hören. Mal klingt es nach Freudenschreien, mal nach Warnsignalen und dann wieder wie Kriegsgeschrei", erklärte er.

„Für mich", meinte Ina, „ist das alles Angriffsgeschrei."

Ina schaut aus dem Nordfenster auf den benachbarten Wohnblock. Im obersten Stock brennt Licht. Eine Frau bewegt sich zwischen hohen Blumenstöcken, es müssen riesige Pflanzen sein. Gibt es in diesem Sozialbau etwa einen Wintergarten? Seufzend kehrt sie zurück an den Arbeitstisch.

Der Körper ist stabiler, ein Panzer aus Chitin umgibt ihn, schützt ihn. Nun drehen sich diese runden Augen wieder in ihre Richtung, starren sie unter der Lupe an. Sie macht schnell ein Foto. Diese Libellenart ist sehr selten, eine Rarität. Ina hat alle Arten der Region nachgeschlagen. Und vor Freude einen Luftsprung gemacht: Was für ein Glück, gleich im ersten Netz hat sie eine noch unentdeckte Libellenart erwischt!

Streng genommen hätte sie das Miniwesen gar nicht einfangen dürfen. Zum Glück ist keiner dieser NABU-Fritzen aufgetaucht, als sie mit dem Köcher unterwegs war.

„Das ist für die Wissenschaft", hat sie sich gesagt, als sie mit dem Netz immer wieder dicht über dem Wasser entlangstrich. Es war wie eine Sucht, sie zog Hose, Schuhe und Socken aus, stieg in das kalte Maarwasser, rutschte auf den Steinen aus. Vater hielt ihr seinen Stock hin, so hatte sie sich wieder hochziehen können. Sie braucht unbedingt 14 oder 15 Punkte für die Facharbeit, um den richtigen Schnitt zu bekommen. Schließlich will sie später Medizin studieren, da muss man Durchschnitt Eins sein.

Alles, was sie am Maar einsammelte, egal, ob lebendig oder tot, kam in Gläser mit etwas Wasser. Irgendeine seltene Libellenart wird schon dabei sein, dachte sie und füllte nacheinander sechs Marmeladengläser. Omas leckere Himbeermarmelade, die so paradiesisch schmeckte. Oma ist seit einem Jahr tot und Mama hat keine Zeit, Marmelade zu kochen, schade, denkt Ina jetzt. Das Wetter letztes Wochenende war gut, außerdem ist Paarungszeit. Als sie Alex später von den „Libellentandems" erzählte, lachte er und petzte ihr in den Po. Wo steckt der Kerl heute eigentlich, er wollte ihr doch assistieren?

Libellen haben ein merkwürdiges Befruchtungsritual. Sie verrenken sich zu einer Herzform, um sich zu paaren, eine Art Yogaübung. Die Männchen sind wie alle männlichen Lebewesen voller Eifersucht und Überwachungsdrang. Sie fliegen mit dem befruchteten Weibchen im Tandem und achten auf die richtige Eiablage und darauf, dass sich kein anderes Männchen der Liebsten nähert.

Ina dreht eins der Marmeladegläser in der Hand, kein Insekt bewegt sich. Sie hat doch genug Luftlöcher in die Deckel gestochen? Aber vielleicht zu wenige Blätter hineingelegt. In ihrer Hand liegt eine kleine stille Welt, einige Libellen glitzern wie eine Diskokugel im Licht. Wenn man ihre Larven sieht, diese hässlichen Hüllen, aus denen sie später schlüpfen, dann ist das wie ein Wunder.

Viele Insekten durchlaufen solche Metamorphosen. Könnten wir Menschen uns doch auch in einer Hülle verbergen, um dann schöner daraus zu schlüpfen! „Genau das bieten doch all die Schönheitschirurgen an", würde ihr Vater jetzt sagen. „Sie nennen sich Ästhetische Institute, machen dir eine neue Nase, einen neuen Busen oder einen knackigen Hintern. Sie können auch das Geschlecht verändern." Inas Vater macht sich über diese Kollegen immer lustig, die – wie er sagt – alles für Geld machen. Wäre ich gerne ein Mann?, fragt sich Ina. Ich glaube nicht, aber ein anderes Kinn und eine kleinere Nase hätte ich schon gern. Sie schaut in den Spiegel und streckt die Zunge heraus.

Dann setzt sie sich wieder an den Arbeitstisch und betrachtet ihre fixierte Libelle unterm Mikroskop. „Hallo, Liebchen", flüstert sie ihr zu. Diese kleine Stecknadel beginnt zu zappeln, verdreht die Äuglein. „Du bist auch ohne Flügel ein hübsches Fotoobjekt", versichert ihr Ina.

Die Spezialkamera wird sehr heiß, sie darf sie nicht zu nah an die Libelle halten. Die Vergrößerung ist einfach klasse. Man sieht die kleinen regenbogenfarbigen Schuppen, wie Fischschuppen sehen sie aus. Der Stecknadelkopf hat sogar einen kleinen Mund, der bewegt sich auf und zu, wie ein Fischmaul. Dabei atmet sie nicht durch den Mund, auch nicht durch Kiemen. Am Brustkorb sitzen kleine Öffnungen, durch die Luft eindringt. „Tracheen, Tracheen, Tracheensystem", singt Ina vor sich hin, während sie noch zwei Nahaufnahmen macht. Erzählt mein kleines Lieblichen etwas oder ruft sie um Hilfe? Wie winzig mag ihr Gehirn sein? Wer hat es programmiert? Sicher hat es ein Programm für Farben und Formen. Bin ich als Feind in seinem Gehirnprogramm oder seinen Genen gespeichert?

Bevor sie das Foto an das Biologische Institut in den USA schicken wird, das sie im Internet bei ihrer Recherche zu Libellenexperten gefunden hat, will sie es bearbeiten. Die Libelle soll auf einem Blatt sitzen, die Flügel muss sie reincollagieren, den Hintergrund ergänzen, es soll so aussehen, als habe sie die Aufnahme direkt am Maar gemacht. Dann muss sie auf eine Antwort warten.

Vielleicht habe ich eine neue Art entdeckt! Werden Neuentdeckungen nicht nach dem Entdecker benannt, oder gilt das nur für Pflanzen? Dann wäre das vielleicht eine Calypteryx kaiseri nach Ina Kaiser. Es soll über fünfundachtzig Libellenarten allein in Deutschland geben. Wenn ich wirklich eine neue Art entdeckt habe, dann köpfe ich eine Flasche Sekt, ach was, Schampus natürlich.

Das Handy vibriert, sie zieht es aus der Hosentasche. Alex.

„Du nervst", ruft sie in den Apparat, „ich bin im Stress! Und, was machen deine Experimente?"

Er lacht: „Gleich bekommst du ein paar Aufnahmen von Singdrosseln, wenn du noch mehr hören willst, dann musst du dich schon herbewegen. Sie machen übrigens unsere Klingeltöne nach. Was hat neulich der Spinner vom Dach gesungen? ‚Weckrufe auf Traumstufen' oder so ähnlich. Hast du den Sänger eigentlich einmal gesehen?"

„Nur von unten, von Weitem. Ich glaube, er hat einen Zopf. Sicher ist das ein armer Spinner, einer, der die Welt verbessern will. Wenn ich's mir recht überlege: Das wollen wir doch eigentlich auch, oder?"

Alex überlegt: „Ich will die Sprache der Vögel erkunden, nicht die Welt verbessern. So eine Art Übersetzungssystem für Vogelsprachen wäre cool.

Ein Doktor Doolittle will ich aber nicht werden. Ich will ja nicht, dass Wissenschaftler wie du mich für einen Spinner halten."

Um ehrlich zu sein, hält Ina Alex für ein bisschen schräg, auch seine nicht besonders wissenschaftliche Vorgehensweise bei der Facharbeit. Aber andererseits hat sie Zweifel. Vielleicht ist er hochbegabt, macht damit etwas, auf das die Welt gewartet hat? Auf jeden Fall ist er sensibel, und das gefällt ihr.

„Ich habe hier ein feines Liebchen unterm Mikroskop. Es bewegt seinen Mund, als würde es mit mir sprechen. Vielleicht kannst du seine Sprache ja auch mit irgendeinem Mikrofon aufnehmen und übersetzen? Komm doch bitte vorbei, draußen im Eingang lungern wieder so merkwürdige Typen herum."

Letzten Winter hatte sie eine unangenehme Begegnung mit einem dieser Typen, der sie verfolgte und anfasste. Er hatte eine Alkoholfahne und wollte Ina küssen. Da kam zum Glück Mani vorbei und trat dem Kerl in die Eier, zack, wie gelernt. Er jaulte laut auf und torkelte davon. Das war Inas erste Begegnung mit der Studentin Mani. Sie hat ihr damals auch gleich einen Selbstverteidigungskurs empfohlen, wo Ina lernte, zu schreien und eine

Holzplatte mit der Hand zu zerschlagen. Trotzdem hat sie noch Angst vor den betrunkenen Männern, vor allem abends.

Alex kommt wie immer zu spät. Dass er den Klingelknopf überhaupt im dunklen Flur gefunden hat, ist ein Wunder.

„Mein Liebchen rührt sich nicht mehr", empfängt ihn Ina und führt ihn zum Arbeitstisch mit dem toten Insekt. „Schade, nun können wir sie nicht mehr flüstern hören."

Alex drückt ihr einen Kuss auf die Wange: „Aber mein Liebchen rührt sich noch", flüstert er ihr ins Ohr. „Ich hätte eh kein so empfindliches Mikrofon gehabt. Lass mich mal deine Aufnahmen von der Libelle sehen, oder nein, erst in deine Augen blicken", ruft Alex und dreht Ina in seine Richtung. Beide müssen lachen, als sie sich intensiv in die Augen sehen.

„Ich sehe einen dunklen Wald in deiner Iris", scherzt Ina.

„Und ich sehe einen Libellenflügel, der im Wind zittert", antwortet er. „Zeig mir doch mal die anderen Gläser."

Ina reicht ihm eins, er nimmt es vorsichtig in die Hand, schüttelt ein wenig.

„Ein kleines Paradies im Marmeladenglas", meint er, „ so viele schöne Insekten. Aber sie sind alle tot."

Ina guckt ihn spöttisch von der Seite an.

„Bist du jetzt unter die Dichter gegangen? Wenn ich den Schnitt noch schaffen will, muss ich mich ranhalten, das weißt du doch, und da gibt's dann halt Kollateralschäden."

„Und wenn's nicht klappt?"

„Ach! Wenn's nicht klappt, kann ich immer noch im Ausland studieren. Ewig auf einen Studienplatz in Deutschland warten – darauf hab ich keinen Bock. Papa will mir vielleicht das Studium in Ungarn finanzieren. Dort muss ich mich bewerben und Studiengebühren zahlen, aber die Kurse sind kleiner und überhaupt ..."

Als Alex sie erstaunt ansieht, meint sie: „Du hast ja so einen tollen Durchschnitt, dass du alles studieren kannst, überall, wo du willst. Da kann ich nur neidisch sein. Wenn ich nach Ungarn gehe, sehen wir uns wahrscheinlich kaum noch. Macht es dich nicht auch traurig?"

Alex greift Ina um die Hüfte und zieht sie an sich.

„Sollen wir nicht erst darüber nachdenken, wenn's so weit ist?"

„Dir liegt wohl nicht mehr so viel an mir", Ina will das eigentlich ironisch sagen, doch sie merkt, wie ihre Kehle plötzlich eng wird. „So oft, wie du nicht ans Handy gehst ..."

„Mensch, Ina, du weißt doch, dass ich zum Sport kein Handy mitnehme. Das war schon immer klar!" Wieder will er sie an sich ziehen.

Sie stößt ihn zurück und spürt, dass ihr Wasser in die Augen steigt.

„Klar, dir ist alles wichtiger als ich. Der Sport, die Krähen und alles. Es ist dir also egal, ob wir uns bald trennen müssen!"

Alex sagt nichts, er sieht Inas nasse Augen, dreht sich abrupt um, läuft aus dem Atelier, die Treppe runter zum Fahrrad, er rast quer über den Supermarktparkplatz Richtung Kastanienallee. Er mag keine Tränen sehen, immer müssen Frauen gleich losheulen.

Während er durch die leeren dunklen Seitenstraßen radelt, schiebt sich Ina wieder in seinen Kopf. Eigentlich wollte er ihr vorher sagen, dass er sich jetzt doch an der Sporthochschule in Köln angemeldet hat. Im Februar hat er dort heimlich die Eignungsprüfung gemacht und auch bestanden. Vorgestern kam die Zusage. Er hat sich riesig gefreut. Weg von zu Hause, mal etwas anderes kennenlernen. Sein alter Freund Erencan hat ihm die Faust in die Brust gerammt und ihn einen Verräter genannt. Weil er nicht in der Mannschaft bleibt, sondern sich zu den Profis absetzt. Auch sein Vater war von der Neuigkeit nicht begeistert und hat nur spöttisch gefragt, ob er den Porsche schon bestellt habe, jetzt, wo er bald Fußballprofi und Multimillionär wäre. Und seine Mutter hatte wieder Tränen in den Augen. Alex biegt gerade in die Kastanienallee ein, die ausnahmsweise richtig still ist. Schlafen die Krähen? Plötzlich fällt ihm ein, dass er Ina ja abholen wollte, weil sie Angst vor den Betrunkenen hat, die nachts oft im Eingang des Atelierhauses herumlungern.

„Scheiße", flucht er laut, bremst scharf und rast zurück, beinahe hätte er einen Fußgänger gerammt. Bei Rot rast er über die Fußgängerampel, kein Fahrzeug ist in Sicht.

Das Gebäude und der Turm sind dunkel, kein Licht, der Hauseingang ist leer. Mit dem Handy macht Alex Licht, um die Klingel zu finden, drückt und drückt. Keine Reaktion, er wählt Inas Nummer, hört nur ihre Mailbox.

„Was mache ich jetzt?", überlegt er und wählt die Telefonnummer von Inas Eltern. Nach längerem Klingeln springt der Anrufbeantworter an.

Alex stottert: „Hallo, Ina, bist du zu Hause? Ich stehe vor dem Atelier, melde dich doch bitte."

Langsam radelt er Richtung Innenstadt zurück, immer wieder schaut er auf sein Handy. Ina meldet sich nicht.

Alles muss raus

Ina will an diesem Samstag zusammen mit ihrer Mutter die letzten wertvollen Sachen aus Omas Häuschen räumen. Sie sitzen am Küchentisch und überlegen, wie sie vorgehen sollen.

Draußen hüpft eine Kohlmeise nervös auf und ab. Oma ist seit einem Jahr tot, sie kann sie nicht mehr füttern. Oma liebte Vögel, sie sagte immer: „Vögel sind die Seelen von Verstorbenen."

„Alex beobachtet für seine Facharbeit übrigens Vögel, vor allem Krähen", erzählt Ina. „Er nimmt sogar ihre Stimmen auf. Er bildet sich ein, Vogelstimmen übersetzen zu können."

„Das ist doch interessant, warum spottest du?"

Ina zuckt mit den Schultern. „Ich finde meine Aufnahmen von den Libellen interessanter. Wenn wir den Aufbau der Insekten besser kennen, nützt das vielleicht der Menschheit mehr als das Übersetzen der Vogelstimmen. Wusstest du, dass die Nanotechnik sich ganz schön viel abguckt von Insekten? Und auch als Nahrung für die ansteigende Weltbevölkerung sind sie interessanter als Vögel."

Ihre Mutter lacht. „Ja, gegrillte Heuschrecken sind sicher lecker, aber an gegrillten Krähen ist bestimmt mehr Fleisch. Wenn die Menschen weiter so viel Gift auf die Felder spritzen, sterben eh erst die Insekten und dann die Vögel. Übrigens, wenn du schöne Aufnahmen von deinen Libellen hast, dann mail sie mir doch, ich kann ein paar Postkarten daraus machen."

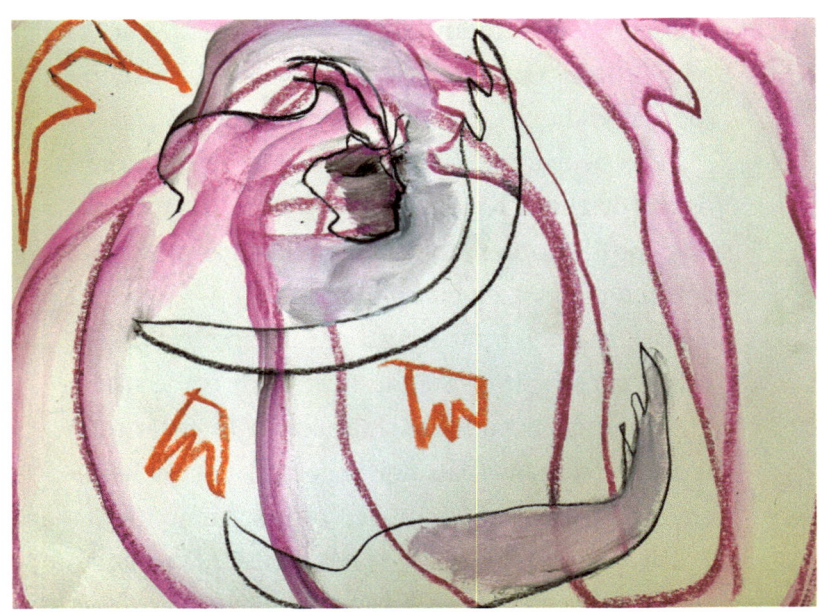

Ina nickt geistesabwesend, denn sie ist in Gedanken bei dem Streit, den sie vorgestern mit Alex hatte. „Es nervt mich, wie oft Alex trainiert. Wenn er Sport macht, behauptet er, dann fühlt er sich so frei wie diese Krähen, die er immer beobachtet. Ob man hinter einem Ball herjagt oder hinter einem Kaninchen, ist doch das Gleiche, habe ich zu ihm gesagt. Krähen stürzen sich auf ein sich bewegendes Opfer, und die Fußballer jagen so lange, bis der Ball im Tor ist."

Ina schüttelt ihren braunen Haarschopf, sie redet sich in Rage: „Aber Fußball ist doch Kampf, eigentlich fast schon Krieg. Und Jagen ist auch Krieg, vor allem, wenn es nicht aus Hunger oder fürs Überleben passiert."

Ihre Mutter sieht sie mit großen Augen an und antwortet: „Du machst doch das Gleiche mit den Libellen. Du jagst sie, um sie auseinanderzunehmen, aus reiner Neugier. Ja, ich weiß: Du sagst, dass du es aus wissenschaftlichen Gründen machst, weil du sie erforschen willst. Aber letztlich tötest du sie doch. Wenn du weiter so an Alex herummeckerst, ist er bald weg."

Sie legt ein altes Fotoalbum auf den Küchentisch. Auf dem Deckel sieht Ina in Goldschrift Mamas Vornamen, „Maria". Ein dickes blondes Baby strahlt in die Kamera, es sitzt auf einem Fell. Ihre Mutter muss lächeln: „Solche Aufnahmen sind typisch für Fotoateliers. Sie waren teuer und für die Ewigkeit bestimmt." Sie blättert weiter und entdeckt Fotos von ihrer Einschulung. Ina schaut ihr über die Schulter, auf ein Schwarzweißfoto.

„Bist du das?" Ein großes Mädchen mit dunklen Zöpfen steht neben einem kleinen schmalen Jungen. Sie lächelt verschmitzt. Der Junge trägt eine riesige Schultüte im Arm. Weit aufgerissene Augen sehen in die Kamera. „Was wolltest du als Kind eigentlich werden?", fragt Ina und erinnert sich, wie sie selbst als Erstklässlerin mit der größter Überzeugung gesagt hat, dass sie Zirkusprinzessin werden will. Peinlich!

„Ach, was wussten wir damals schon vom Geldverdienen, vom Stress, den ein Beruf mit sich bringt." Ihre Mutter seufzt. „Du weißt doch auch noch nicht, ob es klappt mit dem Medizinstudium und was du machst, wenn du hier keinen Studienplatz bekommst."

Sie klappt das ledergebundene Fotoalbum mit einem Schlag zu, eine Ansichtskarte flattert heraus, Ina fängt sie auf. Darauf ragt ein Turm in einen hellen Sommerhimmel. Auf der Rückseite steht: „Grüße von der Burg, eure Tochter hat eben den ersten Preis im Haager Designerwettbewerb gewonnen."

„Heute würde ich per Handy ein paar Smileys mit hochgerecktem Daumen verschicken, so wie du das machst." Ihre Mutter will die Karte wieder wegstecken.

„Warte doch", protestiert Ina, die noch keine große Lust hat, sich ans Räumen zu machen. „Was genau war da mit dem Wettbewerb?"

„An den Wettbewerb selbst kann ich mich eigentlich nur halb so gut erinnern wie an das Gefühl, als ich danach die schiefen Treppenstufen im Turm hochgerannt bin. Ich hab die Arme ausgebreitet und laut von den Zinnen gejubelt: Erster Preis in Fotografie! Da habe ich ja noch Pädagogik studiert, und niemand, auch ich selbst nicht, hätte gedacht, dass ich mal Modefotografin werden würde, mit eigenem Atelier. Oma hätte mich lieber als Lehrerin gesehen, als Beamtin mit viel Freizeit und drei Kindern, nicht als gestresste Frau neben Stoffbergen und Modellen. Aber als ich ihr dann meinen ersten Katalog in den Schoß gelegt habe, hat sie sich schon gefreut. Und natürlich über ihr erstes Enkelkind, über dich." Sie kneift Ina in die Wange, die schlägt scherzend nach ihrer Hand. „Sollen wir mal loslegen?"

Ina nickt. Sie wollte zwar unbedingt mitkommen, aber jetzt ... wenn sie daran denkt, dass die

alten Apfelbäume, auf die sie als Kind immer ge-
klettert ist, in spätestens einem Jahr unter einem
großen Doppelhaus verschwunden sein werden.

„Omas Vogelhäuschen fliegt heute noch in den
Müllcontainer", beschließt ihre Mutter laut, als
habe sie Inas Gedanken erraten.

Bevor am Nachmittag die Männer von der Entrümpelungsfirma kommen und die Möbel ausräumen, gehen Ina und ihre Mutter noch einmal durch alle Zimmer, ob noch etwas da ist, das sie aufheben wollen.

Mit ihrem Handy macht Ina ein paar Fotos von den Vasen mit den Trockenblumengestecken auf der verstaubten Dielenkommode, von den Apfelbäumen und dem Vogelhäuschen, von dem durchgesessenen Fernsehsofa. Eine grüne Glasvase packt sie vorsichtig in Zeitungspapier. „Die nehme ich mit. Mama, hast du die Fotoalben schon eingepackt? Wir können ja ein paar Fotos später einscannen."

Sie hört ihre Mutter im oberen Stock rumoren und findet sie im Schlafzimmer. Sie hat eine der bunten Kittelschürzen angezogen und sitzt vor Omas Schminktisch, auf dem immer noch ein paar alte Creme- und Puderdosen stehen, alles voll Staub. Ina stellt sich neben ihre Mutter und greift zur Parfümflasche „Calèche", verspritzt etwas davon in der muffigen Zimmerluft. Im Wegdrehen sieht sie ihre Mutter kurz im Spiegel, sie sieht fast aus wie Oma. Fehlen nur die grauen Haare, zum Glück hat Mama ihre gefärbt, denkt Ina.

„Triffst du Mani eigentlich noch? Wie geht es ihr?", fragt Maria sie, als Ina ihr schließlich in den

Keller folgt. „Sie studiert doch Romanistik oder war es was anderes?"

„Mani ist voll im Stress, hat wenig Zeit. Sie muss ja auch noch neben dem Studium Geld verdienen, schließlich hat sie das BWL-Studium geschmissen und bekommt kein Geld mehr von den Eltern. Sie ist schon in Ordnung, finde ich."

„Wo arbeitet sie denn?"

„Du wirst es nicht glauben. Sie ist so eine Art Nachtwächterin in einem Altenheim, so was wie Mädchen für alles. Und zwar genau in dem Heim, das wir für Oma ausgesucht hatten, falls sie zu Hause nicht mehr zurechtkommen würde. Aber sie ist ja dann im Krankenhaus gestorben ..."

Im Keller angekommen sind die beiden ganz überrascht, wie voll er noch ist. Überall hängen Spinnweben. „Hat Papa damals nicht gesagt, dass hier nicht mehr viel steht?", fragt Ina und geht an Kisten voller Stoffrollen und alten Zeitschriften vorbei, daneben lehnen ein paar gerahmte Gemälde, von Tüchern notdürftig verdeckt. In den Regalen stehen jede Menge leerer Einweck- und Marmeladegläser.

„Schade, dass Du keine Marmelade kochst, sonst könnten wir die Gläser mitnehmen", meint Ina.

„Wie wär's denn, wenn du das übernimmst?", fragt ihre Mutter.

„Warum nicht gleich Papa?", kontert Ina und nimmt ein halboffenes Glas aus dem Regal. „Schau mal, in dem haben sich Käfer eingenistet, da waren wohl noch Reste drin. Das nehm' ich mit."

Ina schraubt das Glas schnell zu und sticht mit ihrem Schweizer Taschenmesser Löcher in den Blechdeckel. „Mal sehen, was das für welche sind. Sicher irgendeine Sorte Lebensmittelkäfer."

Die Türklingel lärmt, Inas Mutter läuft nach oben und begrüßt die Männer der Entrümpelungsfirma. Ina hört, wie sie sagt: „Das kann alles raus, auch den Keller können Sie leer machen!"

Ina lässt ihren Blick noch einmal über die Regale wandern. Da liegt auch noch ein Stapel altes Geschenkpapier. Oma hat schöne Papiere immer gebügelt und aufgehoben. Alter!, denkt Ina, schüttelt das Käferglas und läuft damit die Treppe rauf. Sie hört die Ausräumtruppe im Wohnzimmer schimpfen und lachen.

Das Praktikum

Ina steht schon um sechs Uhr morgens unter der Dusche. Um sieben muss sie in der Klinik sein, zwei Wochen arbeiten ohne Lohn. Die Nacht war grausam, sie hatte lauter Albträume. Einmal war sie eine verletzte Libelle, einmal eine Notärztin, die vergeblich ein Kind reanimieren musste.

Während sie sich die Haare einschäumt, denkt sie an ihr gestriges Telefonat mit Mani, der sie endlich von ihrer Facharbeit über seltene Libellen erzählt hat. Wenn sie fertig ist, wird Mani die Arbeit durchsehen und korrigieren, das ist schon mal gut. Mani jobbt neben ihrem dritten angefangenen Studiengang in einem Altenheim und ist fast immer gestresst und selten erreichbar.

„Du hättest dein Pflegepraktikum doch auch bei uns machen können, du hättest sogar etwas Geld dafür bekommen", meinte sie.

„Dafür ist es jetzt schon zu spät, ich habe Papa fest zugesagt", hat Ina geantwortet.

„Es dauert ja nur vierzehn Tage", erklärt sie jetzt ihrem Spiegelbild, während sie sich die halblangen braunen Haare bürstet, aber sie ahnt schon, dass das hart wird: Arbeit in den Osterferien! Und dazu muss sie auch noch fürs Abi lernen. Aber wer Medizin studieren will, muss schon vor dem Studium einen Teil des Pflegepraktikums absolvieren. Insgesamt verlangen die Universitäten vier Monate. Das ist doppelt so lang wie zu Vaters Studienzeiten. Und die meisten Kliniken geben kein oder nur wenig Geld für diese Arbeit.

Ina schaut noch kurz auf ihr Smartphone. Da ist, ausgerechnet vor ihrem ersten Praktikumstag, eine Mail vom NABU im Postfach. „Sehr geehrte Frau Diepmann", steht da.

Ina merkt, wie ihr Puls beschleunigt, als sie liest, dass die Fotografie der Libelle, die sie an das Institut in Kalifornien geschickt hat, beim NABU gelandet ist.

„Wir möchten Sie darauf hinweisen, dass viele Menschen durch rücksichtslose Naturforschungen die geschützte Tier- und Pflanzenwelt stören und sogar zerstören. Das von Ihnen eingesandte Foto zeigt eine seltene Libellenart, die bisher nur an den Maaren der Eifel heimisch ist. Sie behaupten, das Insekt am Bodensee gefunden zu haben. Könnten Sie sich bitte diesbezüglich mit uns in Verbindung setzen?"

„Scheiße", denkt Ina, „also hab ich doch keine neue Libellenart entdeckt, und jetzt haben sie mich auch noch im Visier. Ich werde mich natürlich nicht melden! ‚Diesbezüglich', was ist das denn für eine Sprache, Beamtendeutsch?"

Sie denkt an Alex. Er meldet sich mal wieder nicht. In ein paar Monaten ist Abi, und sie weiß immer noch nicht, wie es danach weitergehen soll, sie hätte gerne mit ihm darüber diskutiert. Es gibt so verdammt viele Möglichkeiten. Ja, ihre Durchschnittsnote wird wohl mittelmäßig sein – egal, wie viel sie noch büffelt. Alex dagegen ist in allen Fächern gut oder sehr gut, er könnte einfach alles machen. Dass er jetzt ausgerechnet Sport studieren will! Er wollte ihr doch auch noch bei Mathe helfen. Aber er hat ja nie Zeit für sie.

„Vollpfosten!" Erbittert stopft Ina ihr Smartphone in die Tasche und schmeißt die Haustür zu.

Mit ihrem Fahrrad kommt sie schneller zur Klinik als mit dem Bus. Zum Glück regnet es nicht. Ina kürzt den Weg ab, fährt quer über den Parkplatz des Supermarkts. Über dem Eingang hängt ein rotverschmierter Mund, zehn mal zwanzig Meter groß. Er ist so breit wie die ganze Reklamewand und lädt zum Küssen und Ablecken ein. Wie ein

Fluss, der über die Ufer tritt, quillt eine pinkfarbene Zunge zwischen den Lippen hervor, als wollte sie sich gleich einen Kunden schnappen. Wieder eins von den Plakaten, wo erst mal gar kein Text dabei steht, damit man neugierig wird. Und in ein paar Wochen werden dann Slogan und Produkt mit dem Mund präsentiert.

„Bestimmt Marmelade", denkt Ina und schiebt die aufkommenden Gedanken an Oma und Omas ausgeräumtes Haus schnell wieder beiseite.

Auf der Station steht eine größere Gruppe verschiedener Weißkittel, Ina erkennt darunter die Stationsschwester.

„Ich gebe Ihnen gleich einen Kittel, der wird aber etwas groß sein", sagt die Stationsschwester. Sie sieht aus wie eine graue Maus mit Birkenstockschuhen und einer dicken Brille. An diesem ersten Tag darf Ina bei der Übergabe des Pflegedienstes dabei sein, sie versteht nicht viel. Namen, Zimmernummern, Diagnosen und ärztliche Anweisungen dringen an ihre Ohren, aber nicht in ihren Verstand. Die Ärzte schauen auf den PC, um die Medikamentenliste zu aktualisieren. Dann gehen die Lernschwestern und eine Studentin zur Blutabnahme und zum Blutdruckmessen von Zimmer zu Zimmer. Wieder darf sie nur zuschauen. Jemand drückt ihr einen Zettel in die Hand, sie soll die Blutdruckwerte eintragen. „Schreiben können Sie doch?", wird sie schnippisch gefragt.

Den Rest des Tages muss sie Betten schieben, Patienten zu Untersuchungen fahren, wieder abholen. Sie muss die Betten von entlassenen Patienten zur Desinfektionsabteilung schieben, der Flur ist lang, die Betten schwer. Mit sauberen Betten kommt sie auf die Station zurück und dann muss sie sie neu beziehen. Während sie die Kissen in die

Bezüge stopft, schaut sie aus dem Fenster. Dort hinten ist die Kastanienallee mit den vielen Krähennestern.

Alex hat sich den ganzen Tag nicht gemeldet, obwohl sie ihm schon gefühlte hundertmal geschrieben hat: „wmds? r u ok?"

Neulich hat Ina extra die neue Decke ins Atelier ihrer Mutter mitgebracht. Auf dem Sofa ihrer Mutter dürfen nämlich keine Flecke sein, dann wird sie sauer. Das Sofa ist etwas schmal und aus empfindlichem Leder. Hier, so hat sie gedacht, können wir uns endlich mal ungestört lieben.

Wenn sie bei sich oder Alex zu Hause im Bett miteinander kuscheln, dann ist Ina immer ganz verkrampft. Sie stellt sich vor, dass die Eltern hinter der Tür lauschen oder sie sehen, wenn sie halbnackt ins Badezimmer flitzt. Neulich hat ihr Vater schon mit etwas spottendem Unterton gesagt: „Du solltest mal die Scharniere an deinem Bett ölen, ist ja schrecklich das Gequietsche und euer Gequatsche." Und ihre Mutter hat ganz besorgt nachgefragt, ob sie denn die Pille auch jeden Tag einnehmen würde.

Alex ist der erste Freund, mit dem Ina Sex hat. Er selbst hat ihr immer noch nicht gesagt, ob er vor ihr schon mal mit einer im Bett war. Immer wenn

Ina darauf zu sprechen kommt, feixt er und lenkt ab. Sie kennen sich schon seit der Grundschule, eigentlich müsste sie so etwas mitbekommen haben. Andererseits waren sie auch nicht auf jeder Party gemeinsam. Und wie Alex' ungeahnter Ausflug zur Sport-Uni zeigt, weiß sie längst nicht alles von ihm. Aber vielleicht war sie für ihn auch die Erste, und er ist einfach zu stolz, das zuzugeben? Zutrauen würde Ina ihm das. Und ein bisschen unsicher wirkte er damals auch, als sie bei ihm im Zimmer war, und seine schönen schwarzen Locken ...

Da kommt diese graue Maus von Stationsschwester und stört sie beim Tagträumen. „Mach mal ein bisschen schneller, wir brauchen das Bett jetzt, dort steht schon der Neuzugang."

Ina stört es, wie das Personal hier die Kranken nennt. Sie reden von ihnen wie von Sachen, von Autos, die zur Reparatur gekommen sind: Neuzugang, Abgang, Nummer fünf, der Magen, die Galle. Klar ist es schwer, sich ständig neue Namen zu merken, aber so einen unpersönlichen Umgang mit den Kranken hat sie sich nicht vorgestellt.

Nach der Arbeit ist Ina völlig erschöpft. Den ganzen Tag hat sie geschuftet, nicht einmal die Zeit für einen Abstecher in die Kantine war drin. Auf Station gibt es nur Wasser und Kaffee. Inas Hände zittern, als sie sich zu Hause aufs Sofa schmeißt. „Zu viel Koffein", konstatiert ihr Vater, „morgen nimmst du dir etwas zu essen und zu trinken mit."

Der zweite Praktikumstag ist so anstrengend und langweilig wie der erste. Auf dem Flur sieht Ina kurz ihren Vater vorbeirennen. „Muss zu einem Notfall. Wir sehen uns heute nicht, ich habe Nachtdienst."

Nachmittags muss Ina den Blutläuferdienst für das ganze Haus übernehmen.

„Unsere beiden Blutläufer sind wegen Krankheit ausgefallen, aber du hast junge Beine, du schaffst das schon", sagt die graue Maus und drückt Ina einen Plastikkoffer mit Blutröhrchen und einen Zettel in die Hand. „Es ist ganz einfach, du gibst die Boxen mit den Proben im Zentrallabor ab, dann gehst du zu den auf dem Zettel stehenden Stationen und machst das mit deren Boxen genauso. Du bekommst im Labor einen Pieper. Jeden neuen Transportauftrag bekommst du über den mitgeteilt."

Den ganzen Nachmittag ist Ina im Krankenhaus unterwegs, sie kommt sogar bis zum Sektionssaal, der sich im Keller befindet. Als sie die schwere Glastür aufdrückt, wartet schon ein in Blau gekleideter Mann auf sie, mit einer Schüssel in der Hand. Darin sieht Ina etwas Graues in einem dunkelroten See liegen.

„Hier, bring das ins Forschungslabor von Professor Adam, dritter Stock, aber schnell!" Zum Glück hat Ina schon Einmalhandschuhe an, sonst hätte sie sich die Hände mit Blut besudelt.

„Was ist das?", fragt sie neugierig, während sie die Schüssel entgegennimmt. Auf dem Sektionstisch hinter dem Mann liegt eine Leiche, Ina sieht von ihr eigentlich nur einen kahlen Schädel, weil einige Leute in langen blauen Kitteln um den Tisch stehen.

„Du bist neu hier?", fragt der Typ und wirft ein Tuch über die Schüssel. Sie nickt.

„Na, wenn du frei hast, dann kannst du gerne wiederkommen und dich hier ein bisschen umsehen. Was da in der Schüssel schwimmt, ist ein Stück Raucherlunge. So etwas hast du vielleicht auf Zigarettenschachteln schon gesehen."

Mit der blutigen Schüssel will sie ungern den Fahrstuhl nehmen, also entscheidet sie sich für die Treppe. Inas Hände zittern, als sie die Schüssel vorsichtig die vielen Stufen zum dritten Stock hinaufträgt.

Zuhause eilt Ina unter die Dusche, dreimal reibt sie sich mit Duschgel und Shampoo ein, trotzdem hat sie das Gefühl, noch nach Krankenhaus zu riechen. Als ihre Mutter sie zum Abendessen ruft, ist sie schon eingenickt. Essen kann sie eh nichts, nach dem heutigen Tag. Sie versucht noch einmal, Alex zu erreichen, ohne Erfolg. Sie schreibt ihm eine SMS: „Bitte melde dich noch heute Abend, bitte."

Gedanken schießen ihr durch den Kopf: Warum habe ich nur die Einladung dieses Typen angenommen und bin am Nachmittag noch einmal in den Sektionssaal gegangen? Schrecklich, der Anblick der beiden aufgeschnittenen Leichen. Und erst die Organe, die da in Schüsseln und Schalen herumstanden, ein Horror war das.

Als der Typ sie erblickt hatte, kam er angerannt und legte ihr ohne zu fragen ein riesiges Herz in die Hände: „Das ist ein Sportlerherz. Es gehörte einem jungen Kerl, der trotz Infekt weitertrainiert hat. Sport ist eben Mord. Zum Glück bin ich nicht süchtig nach Sport, aber leider muss ich rauchen, nur hin und wieder. Und, was treibst du so in der Freizeit, hast du einen Freund?"

„Ich studiere Medizin im ersten Semester", log Ina. Fast wäre ihr das schwere Herz aus den Händen gerutscht, schnell legte sie es zurück in die Schüssel.

„Welchen Sport hat der Mann denn gemacht und welchen Infekt hatte er?"

„Er soll dieses Pfeiffer'sche Drüsenfieber gehabt haben, hat sein Hausarzt uns gesagt. Er durfte keinen Sport machen, aber er hat nicht auf seinen Arzt gehört. Übrigens erkranken viele junge Leute an diesem Virus. Du hast es vielleicht auch schon gehabt. Man nennt die Krankheit auch Kiss Disease, weil sich die jungen Leute beim Küssen gegenseitig anstecken", dabei lächelte er sie an. „Der Mann war Marathonläufer. Jeder weiß doch, die sind alle plemplem." Während er sprach, betrachtete er Ina von oben bis unten. „Übrigens, ich bin hier Assistenzarzt und nicht nur Sektionsgehilfe. Was machst du am Wochenende?"

Ina stotterte: „Mutter helfen, Oma ist tot." Dann rannte sie weg, den Flur hinunter zum Ausgang, frische Luft schnappen. Draußen hätte sie fast eine Krankenschwester umgerannt. Da entdeckte sie ihren Vater an dem kleinen Teich im Klinikpark, er unterhielt sich mit einer Kollegin. Bienen summten um die großen Fliederbüsche, eine riesige Libelle kam an ihr vorbeigeschossen. Ina ging auf ihren Vater zu und unterbrach sein Gespräch mit einem lauten: „Hallo, ich brauch' mal deine Hilfe."

Erstaunt fragte er: „Na, was gibt's, was hast du heute so getrieben?"

Ina stöhnte: „Das ist es doch, was ich mit dir besprechen will, nichts Vernünftiges, eben nichts, was mit Krankenpflege zu tun hat."

Er lachte, die junge Kollegin neben ihm lächelte. „So ist es uns auch ergangen, Lehrjahre sind eben keine Herrenjahre. Warte mal in Ruhe ab, was die nächsten Tage so bringen."

An ihrem dritten Praktikumstag darf Ina endlich auf der Station helfen. Mit einem digitalen Blutdruckmesser geht sie von Patient zu Patient. Sie muss auch noch die Temperaturen messen, die Betten neu beziehen. Einigen Patienten darf sie beim Waschen am Bett helfen. Einer alten Frau hilft sie sogar beim Duschen und Föhnen der Haare. Die alte Dame ist sehr schwach auf den Beinen und muss sich in der Dusche auf den Hocker setzen. Sie hat nur noch wenige graue Haare. „Die wachsen nach der Chemotherapie spärlich nach", sagt sie. Danach muss Ina die Urinbeutel und Steckbecken ausleeren und säubern. Doch beim Verbandswechsel darf sie immer noch nur zuschauen.

Trotzdem fühlt sich Ina heute zum ersten Mal wohl in der Klinik. Endlich hat sie engeren Kontakt zu den Kranken und den Eindruck, etwas Nützliches zu tun. Auch Alex hat sich endlich gemeldet und sie haben ausführlich telefoniert. Eigentlich hatte Ina gehofft, dass sie am kommenden Wochenende zusammen etwas unternehmen könnten, aber er ist wieder in einem Trainingslager. Als sie ihrer Enttäuschung Luft machte, sagte er nur:

„Daran wirst du dich gewöhnen müssen. Ich bin auf dem Weg, ein Fußballprofi zu werden."

Auf der Station sind an diesem Tag alle sehr freundlich zu ihr. Die Stationsschwester lobt sie sogar: „Du bist bei den Patienten beliebt, mach weiter so. Kannst du bitte bis 15 Uhr noch mal den Transportdienst übernehmen, da ist schon wieder ein Arbeiter ausgefallen?"

Was hätte Ina antworten sollen, sie muss hier machen, was verlangt wird.

Zwei Stunden schiebt sie die Betten und Rollstühle mit den Patienten von Flur zu Flur und von Stockwerk zu Stockwerk. Danach gönnt sie sich eine kleine Pause in der Kantine. Als sie gerade mit einem Glas Tee und einer Rosinenschnecke an einem Fenstertisch sitzt, setzt sich jemand, ohne zu fragen, neben sie. Es ist der Typ aus der Pathologie. Sie hat ihn erst gar nicht erkannt, weil er keinen blauen Kittel und keine Kopfhaube trägt.

„Na, wie geht's?", fragt er. „Wie hast du den Tod der Oma verdaut? War sie eine nette Frau, wie alt ist sie geworden?"

Ina blickt ihn erstaunt an. Er hat lange blonde Haare, trägt ein kariertes blaues Hemd und seine Augen sind so hell wie Wasser. Stotternd antwortet sie: „Oma war eine wunderbare Frau, sie ist fünfundachtzig geworden."

Sie beißt verlegen in ihre Rosinenschnecke und er kaut an seinem Salat. Nach einer kurzen Pause sagt er: „Ich heiße Thomas, und du? Bist du wirklich Medizinstudentin an unserer Uni? Ich habe dich hier noch nie gesehen."

Zu dumm, denkt Ina, der Typ will nicht aufgeben.

„Ich bin Ina, noch im Abiturstress, will Medizin studieren, wenn man mich lässt. Mein Vater arbeitet hier, er ist Anästhesist."

Er nickt und grient sie an: „Was machst du am Sonntag, hast du Lust auf einen Ausflug?"

„Ich muss erst noch an meiner Bioarbeit weiterschreiben", antwortet sie.

„Worum geht's da?"

„Ich schreibe über die Libellen an den Eifelmaaren."

Er lässt seine Gabel klirrend auf das Tablett fallen. „Komm doch am Sonntag mit, ich bin mit Freunden vom NABU im Hohen Venn unterwegs. Wir wollen Ringelnattern zählen. Du kannst sicher dort einige Libellen beobachten. Übrigens habe ich im Frühjahr Kröten gezählt." Er muss husten und lacht.

„Kröten würde ich auch gerne mal zählen, aber andere", antwortet sie lachend. „Hm, ich überlege es mir. Darf ich eine Freundin mitbringen?"

„Klar, aber nur, wenn sie hübsch ist und keine Angst vor Schlangen hat. Gib mir mal deine Mailadresse oder Handynummer."

Ina nimmt einen Kuli aus ihrer Kitteltasche und schreibt ihre Mailadresse auf eine Papierserviette. In dem Moment meldet sich ihr Pieper und sie steht schnell auf.

„Dann also bis Sonntag, ich melde mich", ruft er ihr nach. Schon ist sie auf dem Flur. Jetzt erst merkt sie, dass sie einen heißen Kopf hat, ist sie etwa rot geworden? Nun weiß dieser Thomas, dass sie noch

keine Medizinstudentin ist. Und er hat ausgerechnet Freunde beim NABU. „Die sollen mal schön alleine im Hohen Venn herumspazieren", denkt Ina und eilt auf die Station zurück.

In der Nacht träumt Ina, wie sie im Garten ihrer Oma liegt. Oma kommt mit einer Schüssel Himbeeren auf sie zu. „Nimm dir, so viel du willst, mein Mädchen", sagt sie. „Aus dem Rest mache ich Marmelade."

Omas dünnes weißes Haar strahlt wie Schnee in der Sonne.

Aber in Omas Küche steht diese alte Frau mit den spärlichen Haaren am Herd. In dem großen Topf, in dem sie rührt, schwimmen graue Stücke im Rot.

„Wo ist denn Oma", fragt Ina, aber die Alte scheint sie nicht zu hören. Auf dem Küchentisch stehen die Gläser zum Füllen bereit. In einem Glas zappelt eine türkisfarbene Libelle, die immer wieder gegen den Deckel fliegt. Wenn sie da drin bleibt, wird etwas Schlimmes passieren, das weiß Ina und ruft laut nach Oma.

„Kind", sagt die Frau am Herd, „sie ist hier in Sicherheit. Die Welt da draußen ist viel zu gefährlich für so ein schönes Wesen."

Hohle Bäume

„Die Facettenaugen der Libellen sind ein Wunderwerk der Natur."

Nein, das ist Quatsch, Ina löscht den Satz auf ihrem Laptop. Sie beginnt einen neuen: „Das Facettenauge besteht aus mehreren tausend Einzelaugen, trotzdem ist die räumliche Bildauflösung begrenzt, nicht so hoch wie beim Linsenauge des Menschen ..."

Ob das wohl alles stimmt, fragt sie sich. Vielleicht haben irgendwelche Biologen ein Libellenauge nachgebaut und sich aufgesetzt. Aber sie haben eben kein Libellengehirn, oder doch? Ina lacht und schreibt weiter, da summt ihr Handy in der Jackentasche, zeitgleich blinkt die Mailbox auf ihrem Laptop.

„Alex", denkt sie, aber es ist Manis Nummer. Ina geht ans Handy und ruft mit der anderen Hand die Mailbox auf: „Liebe Ina, wenn du willst, hole ich dich am Sonntag gegen acht Uhr ab. Sag wo und nimm Regensachen und feste Schuhe mit, ich würde mich freuen, Gruß Thomas, der Leichenfledderer und Natternzähler."

„Hallo Mani, was machst du am Wochenende?", ruft sie ins Handy. „Hast du Lust auf einen Ausflug ins Hohe Venn? Ein Typ aus der Klinik nimmt uns mit zu den NABU-Fritzen. Eine Gelegenheit für dich, du sucht doch sicher wieder männliche Bekanntschaften?"

Mani lacht: „Wie sieht er denn aus?"

„Thomas? Na, ganz vorzeigbar, er scheint solo zu sein. Es geht aber schon um acht Uhr los."

Mani überlegt, es ist eine Weile still am Handy, dann antwortet sie: „Ich habe Samstag keine Nachtschicht, das geht dann. Wo wollen wir uns denn treffen?"

„Ich schreib ihm noch eine Mail, er kann uns ja an der Bushaltestelle vor dem Supermarkt einsammeln, du weißt schon, bei dir um die Ecke. Und ich komme mit dem Fahrrad dorthin."

„Alles klar!"

„Dann also bis Sonntag – und Regensachen mitnehmen, für alle Fälle, auch einen Pulli, in der Eifel weht immer ein kühler Wind."

Von Alex hat sie gestern eine kurze SMS aus dem Trainingslager bekommen, mit einem Foto von seiner Fußballmannschaft. Darin stand auch, dass er seine Arbeit über die Krähen inzwischen fertig hat. Eigentlich wollte er sie Ina noch zum Lesen geben. Jetzt kann er sie angeblich aber nicht schicken, weil er seinen Laptop nicht dabei hat.

So ein blöder Kerl, von mir bekommt er auch nichts mehr zu lesen. Mal sehen, welche Arbeit die bessere ist, seine oder meine!

Ina schreibt weiter: „Viele männliche Libellen besitzen am Hinterleib so eine Art Zangen, mit denen sie die Weibchen bei der Befruchtung festhalten können ..."

Ist denn wirklich alles in der Natur nur auf Fortpflanzung angelegt? Die Männchen kämpfen, die Weibchen brüten. Ich muss mal nachlesen, wie es die Ringelnattern mit der Vermehrung machen. Wir sollen am Sonntag doch Ringelnattern zählen. Wann schließt heute eigentlich der Outdoorshop?

Sie schaut im Internet nach und sieht, dass sie noch drei Stunden Zeit hat.

„Mama?", ruft sie in den Flur

„Ja, was ist?", antwortet ihre Mutter aus dem Wohnzimmer

„Kommst du mit, ich will mir neue Wanderschuhe kaufen. Ich bin am Sonntag mit Freunden in der Eifel unterwegs."

Ihre Mutter kommt die Treppe hoch mit der Geldbörse in der Hand. Sie reicht Ina einige Scheine: „Geh mal allein und dann kauf dir auch gleich noch eine neue Wetterjacke. Wo geht's denn hin, wieder Libellen fangen? Ich denke, Alex ist nicht da, mit wem willst du denn los?"

Ina gibt ihrer Mutter einen Kuss auf die Wange: „Ich fahre mit Mani und ein paar Leuten vom NABU, wir wollen Ringelnattern zählen."

Ihre Mutter schaut ganz entsetzt: „Sind Nattern nicht gefährlich?"

„Sie sind nicht giftig, scheu sind sie. Mal sehen, ob wir überhaupt eine zu Gesicht bekommen."

Ina zählt das Geld. Es reicht nicht nur für eine neue Jacke, sie kann sich auch noch eine neue Hose kaufen. Na, da wird der Thomas sie sicher wieder von oben bis unten bestaunen!

In der Nacht vom Samstag auf den Sonntag hat Ina einen Albtraum. Sie sitzt auf einem Baum, unter ihr am Boden winden sich Dutzende Schlangen, sie sind riesig, gelbbraun und grün. Zischend zeigen sie ihre Giftzähne. Einige sind mehrere Meter lang und so dick, als hätten sie schon ein paar Menschen verschlungen. Sie wollen zu ihr auf den Baum. Mit einem Stock versucht Ina sie davon abzuhalten. Immer wieder schlägt sie auf die Schlangen ein. Aber zwei dicke Biester lassen sich nicht abwehren und schließlich gelingt es einer, Ina ins

Bein zu beißen. Schreiend erwacht sie. Ihr Puls rast, sie geht zur Toilette und wäscht sich mit kaltem Wasser das Gesicht. Was hat der Traum zu bedeuten? Hoffentlich kann ich wieder einschlafen, in drei Stunden muss ich schon aufstehen.

Sie schafft es, pünktlich an der Bushaltestelle zu stehen, stellt ihr Rad in den fast leeren Fahrradständer des Parkplatzes. Thomas und Mani sind noch nicht da. Sie beobachtet eine Krähe auf einem der Abfallbehälter, wie sie Abfälle herausrupft. Leere Plastiktüten und Pappbecher tanzen im Wind über die Straße. Die Krähe dreht den Kopf, hält kurz inne, dann zerrt sie eine halb leere Pommestüte heraus, schnappt sich eine Pommes und fliegt davon. Ein silberner Golf hält mit quietschenden Rädern vor der Einfahrt zum Parkplatz. Thomas ruft durchs offene Fenster: „Guten Morgen, Ina. Na, ausgeschlafen?"

Ina lacht und schaut in Richtung der Hochhäuser. Mani scheint wie immer zu spät zu kommen. „Guten Morgen, wir müssen noch auf meine Freundin warten, ich ruf sie mal an. Hoffentlich hat sie unser Treffen nicht verschlafen."

Bevor Ina zum Handy greifen kann, kommt Mani angelaufen. Sie drückt Ina einen Kuss auf die

Wange, reißt die hintere Wagentür auf, setzt sich auf die Rückbank und schüttelt Thomas die Hand. Ina überlegt, ob sie sich neben sie setzen soll, öffnet dann aber doch die Beifahrertür und setzt sich neben Thomas.

„Wir müssen noch jemanden einsammeln", sagt der und gibt Gas. „Heute ist schönes Wetter, da sind bestimmt viele Wanderer unterwegs. In einer Stunde müssen wir am Treffpunkt sein, da warten die anderen."

Auf dem Bahnhofvorplatz steht ein junger Mann mit Rucksack. Ina steigt zu Mani auf die Rückbank und sagt zu ihm: „Deine Beine sind länger." Er lacht und stellt sich vor: „Ich bin Adrian, Biologiestudent."

Während der Fahrt herrscht eine Zeit lang Schweigen. Thomas konzentriert sich auf den Verkehr, Mani blickt auf das Display ihres Handys. Ina merkt, dass Thomas immer wieder in den Rückspiegel zu ihr nach hinten schaut. Schließlich bricht Adrian das Schweigen und fragt: „Seid ihr Mädels auch beim NABU?"

Ina antwortet: „Noch nicht, wir sind heute hier auf Schnupperkurs."

Thomas lacht: „Du hast recht, Ina: Erstmal sehen, was wir so treiben! Übrigens habe ich mich im Datum geirrt, wir zählen heute keine Nattern, sondern tote Baumstümpfe. Die sind allerdings oft Nistplätze für Ringelnattern und für viele andere Tiere. Du kannst ja heute auch Libellen zählen und fotografieren, wenn du willst. Ich habe meine gute Kamera dabei."

Ina flüstert: „Danke" und blickt über den Innenspiegel auf seine Augen. Sie leuchten wie der Himmel über den Baumkronen, hellblau.

„Studiert ihr auch?", fragt Adrian. Mani steckt ihr Handy in den Rucksack und erzählt: „Primär studiere ich Literaturwissenschaften, sekundär das Leben außerhalb der Bücher. Ich jobbe als Mädchen für alles in einem Seniorenheim. Und ihr?"

„Ich bin im sechsten Semester Biologie, wie gesagt, und Thomas ...", Adrian wedelt mit der Hand Richtung Fahrer.

Der grinst: „Ich studiere primär das Innere des Menschen und sekundär den Naturschutz."

Alle lachen. Ina traut sich nicht, etwas zu sagen. Als Adrian sich mit fragendem Blick zu ihr umdreht, antwortet sie nur kurz: „Ich will auch Medizin studieren, vielleicht aber auch erstmal ein Soziales Jahr machen."

„Wenn du eine Stelle dafür suchst, dann hätte ich vielleicht etwas vorzuschlagen", ruft ihr Thomas zu. Ina schaut nachdenklich aus dem Fenster in den Vormittagshimmel, die Baumkronen am Straßenrand rasen vorüber wie ihre Gedanken. „Vielleicht solltet ihr jungen Leute erst einmal das Leben studieren, vielleicht ein Freiwilliges Soziales Jahr machen oder eine Ausbildung und dann erst an die Uni gehen", hatte ihr Vater neulich vorgeschlagen.

„Gibt es eigentlich auch giftige Schlangen in Deutschland?", fragt Mani.

Adrian antwortet: „Ich glaube, es gibt in Brandenburg einige Kreuzottern, aber die sind nicht so

gefährlich. Ich muss noch mal nachlesen, wo die noch Habitate haben. Aber Blindschleichen gibt es fast überall, die werden oft mit Schlangen verwechselt – allerdings völlig ungiftig. Sie gehören zur Familie der Reptilien, obwohl sie beinlos sind."

Mani meint: „Ich wäre auch gerne eine Schleiche, dann könnte ich mich in unangenehmen Situationen häuten und davonschleichen, zum Beispiel vor meinem Professor." Wieder lachen alle. Die Zeit vergeht wie im Flug. Schließlich biegt Thomas auf einen Waldweg ein und parkt auf einem großen Platz, auf dem schon einige Autos stehen.

„Aussteigen bitte, dort drüben sind die anderen schon zum Abmarsch bereit."

Während Thomas und Adrian die Wartenden begrüßen und mit ihnen über die Wanderrouten der einzelnen Gruppen diskutieren, stehen Mani und Ina etwas abseits und betrachten die Informationskarte am Parkplatz. Sie ist voller Verbotszeichen: nicht rauchen, keine Pflanzen oder Tiere zerstören oder mitnehmen, Hunde anleinen, keine Abfälle wegwerfen, kein Feuer machen. „Himmel", ruft Mani, „hier darf man ja gar nichts, ist auch Redeverbot?"

„Hier war ich noch nie", meint Ina, „ich kenne eigentlich nur das Hohe Venn auf der belgischen

Seite. Es riecht hier angenehm nach Wald und feuchter Erde."

Thomas, der gerade mit einem Lageplan zurückkommt, hat ihre letzten Worte gehört „Ja, um diese Zeit riechen Kräuter wie der Waldmeister ziemlich stark. Wer zu viel Bowle davon trinkt, bekommt Kopfweh. Einige dieser Pflanzen", Thomas deutet auf den grünen Pflanzensaum am Parkplatzrand, „können schon giftig sein, aber die meisten kann man unbedenklich in den Salat mischen. Sauerampfer habt ihr bestimmt auch schon einmal probiert oder Bärlauch."

„Mhm", sagt Ina und wechselt einen kurzen Blick mit Mani. Jetzt spricht er wieder wie ein Oberschlaumeier! Ina sieht, dass Mani etwas Ähnliches denkt.

„Übrigens", Thomas faltet seine Karte zusammen, „Adrian wird mit der anderen Gruppe gehen, er kennt dort viele von der Uni her. Wir nehmen zwei Mathematikstudenten mit, die sind auch NABU-Mitglieder. Sie verlassen sich ganz auf ihren Kompass und auf mich, ich kenne unsere Route gut. Die haben hier meistens keinen Empfang", sagt er, als Mani ihr Handy zückt. „Ina, wenn du willst, kannst du meine Kamera haben, die ist besser als deine Handykamera."

Jetzt betrachtet er sie wieder von oben bis unten. Ihre neuen Wanderschuhe leuchten orange, ihre Hose ist türkis und die neue Wanderjacke maigrün. Eigentlich, denkt Ina, habe ich mich farblich an den Libellen orientiert.

„Super", sagt sie, hängt sich seine Kamera um und schaltet sie ein. „Ich kenne mich damit aus, die Kamera meiner Mutter ist von der gleichen Firma." Sie visiert einen Baum an, dort sitzt ein Rotkehlchen. Sie holt den Vogel mit dem Zoom näher heran und schwenkt zur Gruppe und dann auf Thomas' Gesicht, dann auf seine Augen. Sie drückt den Auslöser und schwenkt weiter, hoffentlich hat er es nicht bemerkt.

„Wir gehen jetzt los, jede Gruppe hat einen anderen Weg, bitte geht nur auf den festen Wegen, sonst könnt ihr einsinken und werdet als Moorleichen in einhundert Jahren wieder ausgegraben", warnt Thomas. Mani lacht und gesellt sich zu den beiden Mathematikstudenten, während Thomas neben Ina losgeht.

„Jeden hohlen Baumstamm wollen wir zählen, aber bitte nicht dagegen schlagen oder einen Stock hineinstecken. So ein hohler Stamm dient verschiedenen Tieren als Unterschlupf oder Brutstätte, auch den Ringelnattern. Wer eine der Schlangen sieht: Keine Angst, sie tun uns nichts, bitte Ruhe bewahren, damit Ina sie fotografieren kann."

Mani plaudert angeregt mit den beiden Studenten. Beide sind groß und hager.

Thomas scheint Inas Blick aufgefangen zu haben und fragt: „Ist deine Freundin zur Zeit solo?"

Ina nickt, schon kommt die Frage, die sie befürchtet hat: „Und du?"

„Ich bin nicht solo", antwortet sie, „mein Freund ist auf dem Weg zum Fußballprofi, er muss viel trainieren."

Thomas nickt: „Ich verstehe, er hat keine Zeit für dich."

Ina ärgert sich. Das geht ihn doch nichts an, denkt sie. Fast wäre sie mit ihren neuen Schuhen im Matsch gelandet, da schießt eine riesige Libelle an ihr vorbei, dreht eine Runde um ihren Kopf und bleibt über der Pfütze vor ihr in der Luft stehen. Sie greift zur Kamera und schießt schnell eine Serie.

„Ein schönes Exemplar, diese Blauflügelprachtlibelle, hast du schon mal eine Moosjungfer gesehen? Sie hat vier sehr breite Flügel", fragt Thomas. „Ich schätze, sie lieben das Wollgras hier am Bach, leider blüht es zurzeit nicht."

Ina staunt. Ob er vor ihr angeben will oder ist er wirklich auch noch auf diesem Gebiet ein Experte?

„Du kennst dich aber gut aus", sagt sie, „bist du Insektenforscher? Vielleicht kannst du mir ja bei meiner Facharbeit helfen? Ich wüsste zu gerne, ob es so etwas wie eine Libellensprache gibt!"

Sie bleibt stehen, um einen etwa hüfthohen Baumstumpf zu fotografieren, der völlig von Moos und Farnen bewachsen ist. Thomas gibt ihr keine Antwort, er umrundet den Stamm und ruft: „Nummer eins, er ist hohl."

Beide Mathematikstudenten ziehen einen Zettel und einen Stift aus der Jacke und machen einen

Strich. Ina und Thomas müssen lachen, auch Mani schmunzelt und schaut auf den größeren der beiden Studenten. Aha, denkt Ina, sie hat sich schon ein Opfer ausgesucht. Als sie alle um den Baumstumpf stehen, der aussieht wie der Kopf eines Riesen in einem Märchenwald, fängt Mani plötzlich an zu schreien und zeigt auf ein kleines Loch: „Eine Schlange!"

Ina zielt mit der Kamera darauf, kann aber nichts entdecken.

„Doch, doch, da war was, so ein brauner Schlangenkopf", beharrt Mani.

„Na ja, es könnte eine Blindschleiche gewesen sein oder der Kopf einer Eidechse," bemerkt Thomas.

„Warum denn keine Ringelnatter?"

„Wäre auch möglich."

„Dann macht jetzt bitte alle einen Strich für die erste Natter des Tages, entdeckt von Mani", verkündet diese und alle lachen.

„Übrigens, kennt wer von euch Gedichte von Ringelnatz?", fragt sie im Weitergehen und beginnt mit Rezitationsstimme: „An einem Teiche / Schlich eine Schleiche, / Eine Blindschleiche sogar. / Da trieb ein Etwas ans Ufer im Wind. / Die Schleiche sah nicht, was es war, / denn sie war blind. – Wie war noch einmal der Schluss? Ach ja,

so: Das dunkle Etwas aber war die Kindsleiche /
Einer Blindschleiche." „Wow, du kannst Gedichte
auswendig", sagt der größere Mathestudent und
applaudiert. Mani verbeugt sich übertrieben und
Thomas nutzt die Pause, um hinter einer Hecke
zu verschwinden. Wenig später kommt er zurück,
knöpft sich die Hose zu und sagt: „Also, es ist einiges falsch in dem Gedicht, denn die Blindschleiche
ist nicht blind, allerdings bekommen sie anders als
Nattern lebende Jungen." Keiner lacht, es herrscht
peinliches Schweigen, nur die Blätter der Bäume
rauschen im Wind.

„Ich verschwinde auch mal kurz", sagt Ina und
denkt: Wenn er nicht immer so ein Klugscheißer
wäre … Mani folgt ihr.

„Gefällt dir einer?", fragt Ina, als sie mit heruntergelassenen Hosen in der Hocke sitzen und den
Bächen zusehen, die sie im Moos hinterlassen. Einige Käfer ergreifen die Flucht.

„Ich weiß nicht", sagt Mani, „eigentlich kann
ich mit Naturfritzen nicht viel anfangen. Ich unterhalte mich lieber über Literatur als über Schlangen
und Bäume. Andererseits: Du hast eigentlich auch
nicht viel mit Sport am Hut, trotzdem bleibst du
bei Alex. Oder bist du vielleicht schon wieder auf
der Suche?"

Ina zuckt mit den Schultern, zieht die Hose hoch und antwortet: „Eigentlich weiß ich im Moment überhaupt nicht, was ich will."

Als sie wieder unterwegs sind, gibt Mani plötzlich einen Schrei von sich: „Dort drüben!", ruft sie. Alle bleiben stehen und starren in die Richtung der Krüppeleichen. Tatsächlich, dort bewegt sich eine Gestalt so groß wie ein Mensch, schwankt hin und her im Wind.

Thomas meint: „Vielleicht ist es ja ein Geist, einer von denen, die vor Hunderten von Jahren hier im Sumpf gestorben sind."

Ina hält die Kamera drauf. Durch das Objektiv erkennt sie eine Strohpuppe, an der einige Schrottteile angebunden sind: „Rostige Dosen, Blechbüchsen, der Rest einer Schreibmaschine, das Rad von einem Fahrrad", zählt sie laut auf. Mani und die beiden Mathestudenten lachen. Nur Thomas macht ein ernstes Gesicht: „Offensichtlich hat sie jemand absichtlich so dicht am Weg platziert. Soll wohl Kunst sein. Wir vom NABU machen schon mal Aktionen, bei denen wir Müll und Schrott aus dem Wald zusammentragen und dann abtransportieren, aber so was – den Müll so zur Schau zu stellen –, hoffentlich findet das keine Nachahmer!"

Wieder tritt Schweigen ein, dann entdecken sie den nächsten hohlen Baum, um den einige Wespen kreisen. Er steht an einer Lichtung voller gelber Blüten.

Sie setzen sich mit Blick über die Wiese in die Sonne und packen ihre Getränkeflaschen aus. Mani hat eine Thermoskanne mit Kaffee und Becher dabei. Thomas bietet Obst und Kuchen an. Ina lässt eine Kekstüte kreisen.

Mani streckt sich neben dem langen Studenten aus und fragt: „Noch ein Gedicht von Ringelnatz?"

„Oh ja", rufen jetzt alle, auch Thomas.

„Also, jetzt mal frei nach Ringelnatz: „In Wannsee lebten zwei Blindschleichen, die wollten in die Eifel reisen. In Zehlendorf auf der Chaussee, da taten ihnen die Bäuche weh, und da verzichteten sie weise, dann auf den letzten Rest der Reise." Alle lachen und applaudieren.

„Wir sollten weitergehen, auf, auf, die anderen warten und es warten die belgischen Pommes", ruft Thomas endlich, nimmt Ina an der Hand und zieht sie hoch. Seine warme Hand hält ihre ein paar Sekunden länger als notwendig. Obwohl Ina ihre neue Jacke längst ausgezogen hat, wird ihr heiß, rasch greift sie nach der Kamera und fragt: „Wie heißen die?"

„Das ist Zypressen-Wolfsmilch, die ist giftig",
sagt Thomas neben ihr, sie spürt, dass er sie von
der Seite ansieht, sie hält den Apparat weiter auf
die Wiese.

„Aber sie ist auch ein Paradies für viele Insekten, zum Beispiel für die Raupen vom Wolfsmilch-
schwärmer."

Während sie hinter den anderen weitergehen, meint er: „Übrigens, wenn du deine Arbeit fertig hast, dann kannst du sie mir gerne schicken. Was die Sprache der Libellen betrifft, so ist es, glaube ich, wie bei anderen Insekten. Sie sprechen mit ihren Tänzen, eigentlich gar nicht so anders als wir. Schau doch mal in einer Disko den Leuten zu: Die reden nicht miteinander, sie tanzen und zeigen ihre Körper in allen Stellungen, die tollen Klamotten, Tattoos, Schmuck und Schminke. Und da ist der Duft, Deos und Parfums. Und der Geruch von Schweiß natürlich."

Hier hakt Ina ein: „Du meinst die Lockdüfte, die Pheromone?" Sie kann sein Rasierwasser riechen, irgendwie wildlederartig.

„Echt nett, dass du mir helfen willst, danke! Ich habe das Thema nämlich schon bereut."-

„Guckt mal da!", ruft Mani von vorne und zeigt auf einen Ameisenhügel.

„Ja, von denen gibt es hier mehrere Exemplare", ruft Thomas zurück und wendet sich wieder Ina zu: „Wie lange kennst du Mani eigentlich schon?"

„Noch nicht so lange. Erst haben wir uns zufällig vor ihrer Wohnung getroffen. Richtig kennengelernt haben wir uns dann bei einem Wochenendseminar. Das war so eine Art Schnupperkurs für Yoga und Meditation. Im Grunde war es eine Werbung für die buddhistische Gemeinde. Irgendein Guru aus Indien hatte dort das Sagen. Er sah zum Fürchten aus mit seinem langen grauen Bart, nicht freundlich wie ein alter Gott, eher wie ein böser Zwerg, wie dieses Rumpelstilzchen in dem Märchen.

Mani lag neben mir auf der Matte und verzog bei jeder Übung das Gesicht, bis ich mich vor Lachen nicht mehr halten konnte. Alle Übungen hatten einen Namen, der eh schon lustig klang wie: die sitzende Schlange und so. Aber Mani erfand noch lustigere Namen. Sie meinte, dass wir nach den Verrenkungen sicher unter allen Türen hindurch schlüpfen können.

Bei den Meditationsübungen summte sie: ‚Schlaf, Kindlein, schlaf, dein Papa ist ein Schaf.' Ich konnte mich gar nicht entspannen, musste immer lachen. Schließlich hat der Guru uns aus der Gruppe rausgeworfen. Wir haben uns danach in einer ihrer Lieblingskneipen angefreundet. Es war ein tolles Wochenende. Auf jeden Fall habe ich gelernt, dass man durch Lachen auch entspannen kann, aber ohne sich zu verrenken. – Leider hat Mani nicht so viel Glück mit der Wahl ihrer Männer.“

Thomas nickt: „Ja, manche haben Pech mit der Partnerwahl. Oder sie sind einfach nur zu kritisch. Ich bin das vielleicht auch, zu kritisch."

Während Ina sich überlegt, was sie jetzt darauf antworten soll, taucht hinter der Wegkurve das Bistro auf.

„Endlich", ruft Mani und wartet auf Ina. „Mann, tun mir die Waden weh", seufzt sie, während sie auf die Bänke zusteuern, auf denen schon die anderen Exkursionsteilnehmer auf sie warten. Auch Inas neue Schuhe drücken. Mist, sicher hab ich mir ein paar Blasen eingefangen, denkt sie.

„Hier gibt es die leckeren belgischen Pommes mit Krautsalat und vegetarischen Frikadellen", ruft ein Mann im roten Anorak ihnen zu. Er sieht vom Weiten aus wie Alex, denkt Ina. Sie schaut auf ihr Handy, kein Empfang.

„Hier in der Eifel hat man nur Funklöcher", meint Thomas, der sich ihr schräg gegenüber setzt. „Du musst warten, bis wir wieder am Parkplatz sind."

„Müssen wir etwa den ganzen Weg wieder zurück?", stöhnt Mani entsetzt. Alle lachen.

„Klar, was hast denn du gedacht?" Thomas zwinkert Ina zu, die sich gerade die Schuhe ausgezogen hat und ihre Füße nach Blasen absucht.

Zweieinhalb Stunden später sitzen sie alle wieder im Auto. Adrian hat eine andere Mitfahrgelegenheit gefunden, stattdessen sitzt Eric, der Mathestudent, neben Mani auf der Rückbank. Kaum ist Thomas vom Parkplatz auf die Straße gebogen, klingelt Inas Handy, Alex ist dran.

„Wo hast du gesteckt? Warum gehst du nicht ans Handy?", ruft er aufgeregt. „Die ganze Zeit habe ich versucht, dich zu erreichen und jetzt, jetzt muss ich schon wieder weg, weil die Mannschaft ein Barbecue macht, da muss ich helfen."

Ina ist sauer und schreit zurück: „Dann viel Spaß beim Grillen, ich war auf einer Wanderung, so etwas kann man ja mit dir nicht machen, ciao!"

Thomas schaut sie von der Seite an. „Jetzt entspann dich mal, es renkt sich bestimmt alles wieder ein."

Ina schnaubt und schaut aus dem Fenster. In der Abenddämmerung flitzen Waldstreifen und Felder vorbei. Sie will nicht mehr an Alex denken, diesen Sponk! Sie will sich auch nicht die Kommentare von Thomas anhören. Rasch dreht sie sich um. Hinten sitzt Eric, eng an Mani geschmiegt.

So schnell geht das, denkt Ina und fragt: „Sag mal, Eric, kennst du vielleicht jemanden, der mir

Mathe-Nachhilfe geben kann? Im Juni ist Abi, und mein Freund Alex hat jetzt ja gar keine Zeit mehr für sowas, der steckt ständig im Fußballtraining."

„Klar, ich kann mal meine Schwester fragen, die gibt normalerweise Schülern Nachhilfe, sie braucht Taschengeld", antwortet Eric. „Sie studiert Physik und will sich ein Motorrad kaufen. Meine Eltern sind nicht begeistert davon. Gib mir mal deine Mailadresse oder Handynummer, dann kann sie dich ja anrufen."

Mani hakt ein: „Lasst mal den Arbeits- und Schulkram, sollen wir uns nicht mal treffen? Zum Beispiel nächsten Samstagabend bei mir zum Essen. Ich wollt' eh dieses neue Saté-Rezept ausprobieren. Dann feiern wir unseren Ausflug nach, was meint ihr? Vielleicht hat ja auch Alex Lust mitzukommen, Ina?"

„Ich werde mal nachfragen, ob er am Wochenende nicht wieder irgendwo Fußball spielt. Davon gehe ich eigentlich fest aus. Aber ich komme auf jeden Fall."

Thomas nickt: „Ja, das könnte auch bei mir klappen. Ich kann auch was mitbringen. Vielleicht eine Vorspeise oder den Nachtisch, da bin ich Weltmeister."

„Nein, ich mache den Nachtisch", ruft Ina, „Omas Geheimrezept aus Himbeeren, da kann nichts mithalten!"

Thomas lacht, und sie fängt seinen Seitenblick auf, einen Blick, den sie gern mit nach Hause nimmt.

Manis Dinner

Es riecht angebrannt, als Ina und Thomas in Manis kleiner Wohnung ankommen. Eric ist gerade beim Tischdecken. Sein Hemd ist offen, das Unterhemd hängt hinten aus der Hose. Mani strahlt übers ganze Gesicht, ihr Lippenstift ist etwas dick aufgetragen, ihre Wangen gerötet.

„Uns ist leider das selbstgebackene Brot verbrannt. Eric kauft gleich drüben im Supermarkt neues Brot. Was habt ihr Gutes mitgebracht?"

Thomas überreicht ihr eine Kühltasche, Ina stellt eine verschließbare Servierschale auf den Esstisch. Die Schlafzimmertür steht offen, man erkennt ein zerwühltes Bett.

Einige dicke Schmeißfliegen brummen an der Decke, Mani schlägt mit einer Fliegenklatsche nach ihnen.

„Die sind hier überall", ruft sie.

„Vielleicht liegt ja irgendwo eine Leiche", witzelt Thomas, „schau doch mal unter den alten Dielenbrettern nach."

„Quatsch, die kommen vom Flur oder durchs Fenster rein."

„Dann liegt dort irgendwo ein Toter in einer Wohnung, ist alles schon mal vorgekommen. In diesen großen Häusern kennt doch keiner seine Nachbarn."

„Ich kenne schon ein paar Nachbarn, du Spinner", sagt Mani auf ihrem Weg in die Küche und lächelt. Ganz offensichtlich kann ihr jetzt nichts die gute Laune verderben. Ina fühlt eine seltsame Mischung aus Respekt und Neid in sich aufsteigen. „Was gibt's denn zu essen?", fragt sie.

„Kaninchen! Das ist nämlich nicht verbrannt, es schwimmt in der Soße und wartet auf uns", verkündet Mani mit einem Blick in den Ofen. Eric knöpft sich das Hemd zu, ruft: „Bin unterwegs!", und flitzt aus der Wohnung.

„Armes Kaninchen! Da klinke ich mich aus, Mani. Oma hatte früher Hühner und Kaninchen, die habe ich als Kind immer gefüttert."

„Kein Problem", Mani legt ihr den Arm über die Schulter, „du kannst ja alles drumrum aufessen!" Sie lacht.

„Auf jeden Fall sind meine Salate ohne Fleisch", meint Thomas, kramt die Tupper-Schüsseln aus der Kühltasche und stellt sie auf den Tisch.

„Nix arbeiten, hier bin ich die Gastgeberin". Mani schiebt Ina und Thomas auf das alte Sofa. Während sie den Tisch fertig deckt, plaudert sie drauflos. „Wisst ihr, was ich gestern im Schreibkurs erlebt habe? Ich war mal wieder zu spät dran, mein Mund war schief, das lag nicht am Lippenstift, sondern an der Fliegenleiche am Spiegel. Ich habe immer zu ihr hingeschielt beim Schminken. Sie war gestern Früh schon mein fünftes Opfer."

„Besorg dir doch Fliegenfallen", schlägt Ina vor.

„Oder wir suchen nachher die Ursache, die Leiche", meint Thomas.

Mani winkt ab: „Na jedenfalls: Unser Kursleiter ist ein verdammt gut aussehender Typ, aber weil ich immer zu spät komme, wird er allmählich sauer auf mich."

Ina und Thomas sehen schmunzelnd zu ihr rüber, Ina zieht die Beine in den Schneidersitz, ihr Knie berührt Thomas' Arm.

Mani sinkt in einen Stuhl: „Ach, egal. Ich muss gerade an unseren Ausflug letzten Sonntag denken, dort habe ich doch Eric kennengelernt, also ade, gut aussehender Kursleiter!"

Sie lachen, Mani greift zur offenen Sektflasche und schenkt ihnen ein: „Also, Prost darauf, dass ihr mich mitgenommen habt, danke!"

Sie trinken.

„Apropos Nachbarn", meint Mani, „später kommt vielleicht noch eine Bekannte aus der Nachbarschaft. Aber wir essen auf jeden Fall vorher, ich könnte ein ganzes Pferd verdrücken!"

Der Spruch geht an Ina, die streckt ihr die Zunge raus und wendet sich Thomas zu. Jetzt drück ich mal wieder seinen Vortragsknopf, denkt sie und fragt: „Wozu sind Fliegen denn überhaupt nützlich?"

Thomas antwortet: „Na ja, sie sind schon nützlich, denn sie verbreiten zum Beispiel Pilzsporen und befruchten auch Blüten. Sie legen aber auch ihre Eier in alles, was die Natur und der Mensch so übrig lässt, auch in faules Obst oder vergammeltes Fleisch, natürlich auch in tote Tiere."

„Igitt, wie scheußlich, was du so alles weißt", ruft Mani.

Thomas fährt fort: „Später ernähren sich die Maden von diesen Abfällen oder Tierleichen, klar, auch von Menschenleichen. Sie sind so eine Art Müllabfuhr. Ihr wisst doch, dass in so einem kleinen Wesen wie den Fliegen, die gleichen Gene sind wie in unserem Erbgut. Ein paar Gene weniger haben sie, aber letztlich sind sie eine Art fliegende Verwandte", erklärt Thomas.

„Fliegende Müllmänner-Verwandte", kichert Mani.

Ina hat plötzlich das Bild ihrer Tante Pia vor Augen, die mit dickem Fliegenkörper und Flügelbrummen ihr „Hach, Schätzchen" ruft. Sie lacht, bis ihr fast die Tränen kommen.

An der Tür klingelt es, Mani läuft zum Flur. Ina hört Erics Stimme. Sie kramt einen USB-Stick aus ihrer Tasche und legt ihn Thomas in die Hand.

„Hier, das sind meine Aufzeichnungen zum Thema Libellen, du weißt doch. Es wäre echt nett, wenn du es dir mal anschauen könntest."

„Versprochen ist versprochen", nickt Thomas, greift in seine Jackentasche und zieht ebenfalls einen USB- Stick heraus.

„Und das sind die Fotos, die du neulich in der Eifel gemacht hast, einige sind sehr gut geworden. Da sind ja auch ein paar Aufnahmen von mir dabei: Du hast mich also heimlich beobachtet?"

„Warum nicht, auch Menschen sind interessante Studienobjekte", kontert Ina und greift nach dem Stick. Thomas zieht seine Hand weg, Ina fasst nach, er weicht ihr aus und erst nach kurzem Hin und Her hat sie den Stick ergattert.

Jetzt erscheint Eric mit zwei Baguetts in der Tür: „Dann kann es ja losgehen."

Als alle am Tisch sitzen, erklärt Thomas zu seinen drei Salatschüsseln: „Alles selbstgemacht, alles ohne Majo, nur mit Joghurt und Essig-Öl, also keine Angst vor Salmonellen. Hier ist einmal Thunfisch-Reis-Salat, dann Nudelsalat mit Emmentaler und Tomaten-Salat mit Fenchel."

Während alle sich die Teller füllen, stellt Mani Musik an. Vom Kaninchen wollen außer Mani und Eric keiner etwas essen. Ina ist sich nicht ganz sicher, ob Thomas jetzt ihr zuliebe darauf verzichtet oder wirklich kein Fleisch mag.

Zum Abschluss serviert Ina die Quarkspeise mit frischen Himbeeren, die sie nach Omas Spezialrezept vorbereitet hat. Die Schüssel ist im Nu leer.

Nach dem Essen will Mani ihnen ein paar Fotos auf ihrem PC zeigen, die sie im letzten Jahr an der Nordsee geschossen hat. Einige Fliegen brummen um ihre Köpfe und lassen sich auf den leeren Schüsseln nieder.

„Los, kommt! Jetzt gehen wir die Leiche suchen!", ruft Ina plötzlich. Sie ist etwas beschwipst, nach zwei Gläsern Sekt. Eigentlich verträgt sie keinen Alkohol, aber heute will sie einfach richtig feiern: das Referat geschafft, kein Fußball-Alex, einfach nur Spaß.

Lachend ziehen sie aus Manis Wohnung in den Hausflur und schnuppern wie Hunde an jeder Tür. Schütteln den Kopf, lachen und rufen: „Keine Leiche!"

An einer Tür schnuppert Eric von oben bis unten, bleibt nachdenklich stehen. Die anderen stellen sich neben ihn und kichern. Eric schüttelt den Kopf und meint: „Nein, doch nicht, es riecht nur nach nassem Hund."

Plötzlich hören sie etwas hinter der Tür kratzen und Ina fasst reflexartig nach Thomas Hand.

„Na, wo ist denn die Leiche?", ruft der laut.

Da öffnet sich die Tür und ein Mann kommt mit einem Hund an der Leine heraus, er schaut die jungen Leute verunsichert an.

Mani grüßt und streichelt den Hund: „Haben wir Sie erschreckt, Herr Adam? Wir versuchen nur, die Ursache für die vielen Fliegen zu ergründen."

„Die kommen von oben", brummt der Mann, „von der Frau."

Schon ist er mit dem Hund die Treppe hinuntergeeilt.

„Meisterdetektivin Mani, alle mir nach!"

Sie laufen kichernd zwei Stockwerke höher. Im Mondlicht, der durch die Flurfenster scheint, erkennen sie, dass am Ende des Flurs eine Menge Blumentöpfe mit riesigen Pflanzen stehen. Mani knipst das Flurlicht an und ruft: „Keine Leiche!"

„Da hat jemand aber mal einen grünen Daumen", sagt Ina und betrachtet die wuchernden Blattpflanzen und Rosenstöcke. „Kennst du die Leute, die hier wohnen?" „Es ist eine Frau, lange kenne ich sie noch nicht. Hier im Haus nennen alle sie Rosie, die Rosenfrau, weil sie aus kleinen Rosenstöcken so riesige

81

Gewächse macht", Mani riecht an einer gefüllten Blüte. „Na ja, ich glaube, sie lebt allein mit ihrem kleinen Sohn und geht abends im Supermarkt putzen. Etwas verrückt ist sie schon, ich habe mal gehört, wie sie mit den Blumen spricht."

„Aber das ist doch nicht verrückt", antwortet Ina, „meine Oma hat auch immer mit den Pflanzen gesprochen."

„Kommt, wir gehen zurück und reden noch, ich hab auch noch eine Flasche Wein", ruft Mani jetzt, „die Fliegengeschichte klären wir heute doch nicht mehr auf."

„Ich muss jetzt leider nach Hause, morgen Früh muss ich bei einer Vorlesung helfen", sagt Eric und gibt Mani einen Kuss.

Thomas meint: „Ich muss auch schon früh raus, also schließ ich mich an."

Er schaut zu Ina.

„Och, ich bleibe noch", sagt Ina, sie hat Lust, mit Mani zu ratschen. Über Eric, über Thomas ...

Thomas guckt ein bisschen enttäuscht.

„Sehen wir uns dann die Woche noch, um deine Arbeit zu besprechen?", fragt er.

„Klar, schick mir erst mal deine Verbesserungsvorschläge. Also, gute Nacht!"

Ina heult

Ina liegt auf dem Bett und schaut auf ihren Laptop. Mit ihrem linken Arm drückt sie den alten Harlekin fest an sich. Wenigstens einer, der immer lacht. Eben hat sich Alex gemeldet, er wird heute Nacht aus dem Trainingslager nach Hause kommen und will sie morgen unbedingt sehen.

„Na, dann bis morgen", hat sie lustlos geantwortet.

Sie hört, wie der Regen ans Fenster schlägt. Was sollen wir bloß unternehmen? Alex hat eine Fahrradtour vorgeschlagen. Radfahren bei Regen und Sturm, das ist typisch für ihn. Aus dem Radio ist ein Sänger zu hören, die Stimme kommt ihr bekannt vor, auch das Lied. Ist das etwa der Sänger vom Dach, dieser Verrückte? „Keine Sonne hinterm Zaun, keine Heimat nirgends ..."

Da kommt eine Mail mit Anhang von Thomas. Sie überfliegt die Zeilen.

„Liebe Ina, hier kommen meine Kommentare zu deiner Facharbeit. Sei mir nicht böse, aber ich habe einige Fotos und Anmerkungen gestrichen. Du weißt auch, warum. Du hast Libellen gefangen,

sie vielleicht sogar getötet, um sie besser fotografieren zu können. Ich verstehe deinen Forscherdrang,
ich bin ja auch wissenschaftlich tätig. Aber man
darf nur mit einer Genehmigung Libellen fangen.
Das hättest du wissen müssen oder du hättest dich

vorher erkundigen sollen. Ich würde mich gerne mit dir treffen, um dir alles zu erklären. Diese Woche muss ich allerdings auf den internationalen Kongress fahren, von dem ich dir erzählt habe. Es geht nach Toronto, ich werde dort einige Tage länger bleiben, weil ich noch Freunde besuche. Gib mir danach bitte die Chance, dich wiederzusehen, um mit dir alles in Ruhe zu besprechen. Liebe Grüße, eine gute Nacht, und sei bitte achtsamer auf den Papillon d'amour. Thomas"

Ina verkriecht sich unter die Bettdecke und heult. Männer sind kalt und herzlos. Er hat mich mit keinem Wort gelobt, Blödmann. Alle Männer sind gemein.

Nach einer Weile öffnet sie den Anhang, „Inas Libellenarbeit" steht da, sie sieht ein neues Foto, das ist doch nicht von ihr? Es ist ein sehr gutes Bild. Jetzt erinnert sie sich. Sie hat es als Schnappschuss auf der Exkursion in der Eifel mit dem Fotoapparat von Thomas gemacht. Er hat es nur bearbeitet, toll ist es geworden. „Eine blaue Schönheit jagt vorbei", hat er das Bild untertitelt. Vielleicht ist er ja doch nicht so gemein.

Ich werde jetzt alles ausdrucken und mit meiner ersten Fassung vergleichen. Dann entscheide ich, welche Fassung ich abgebe, denkt Ina trotzig.

Sie drückt ihren Harlekin an sich und schnieft. Ihr gegenüber im Regal liegt der verbeulte Fußball, den Alex ihr zum letzten Geburtstag geschenkt hat.

„Da sind die Namen der Nationalspieler von der EM 2012 drauf, schau mal", hat er ganz stolz gesagt. Sie musste ihn gut sichtbar ins Regal stellen, neben einen seiner Pokale. Darüber hängt sein Mannschaftsfoto. Darauf sieht man Alex mit diesem schiefen Lächeln, das sie so an ihm mag.

Und was hat Thomas ihr auf dem Ausflug in die Hand gedrückt? Einen Stein. Der liegt jetzt auch im Regal. „Quarzitreicher Schiefer", hat er ihr dazu erklärt, „das ist eine der ältesten Gesteinsgenerationen hier, ihr Ursprung liegt im Zeitalter des Devons." Aber angeschaut hat er sie dabei, dass sie wieder an seine Hand denken musste, als er sie vom Picknick hochzog ...

Ina sitzt wie erstarrt auf der Bettkante mit Blick aufs Regal. Alex und Thomas. Thomas und Alex. Blut schießt ihr in den Kopf.

Pausenlos muss sie an beide denken. An beide. Sie träumt schon von ihnen.

„Harley, was soll ich nur machen?", fragt sie und schüttelt die lachende Puppe, die sie in ihrer Kindheit immer so gut getröstet hat.

Die Brosche

Ina sitzt auf ihrem Schreibtischstuhl und dreht sich im Kreis, bis ihr schwindlig wird. Dann wirft sie den Kopf in den Nacken und starrt aus dem offenen Fenster in das Sommerlaub der Linde, das in der Junisonne glänzt und flackert. Auf ihrem Smartphone ist immer noch keine Nachricht von Thomas. Mani hat ihr lachende Smileys und „Daumen oben" geschickt.

Drüben auf dem Bett liegt das grünblaue Ballkleid. Ihre Mutter hat es für sie entworfen, den Stoff durfte sie sich selbst aussuchen. „Du siehst darin aus wie eine Prinzessin", sagte Mutter.

Als sie Thomas ein Foto davon geschickt hat, meinte der, sie würde darin bestimmt aussehen wie eine riesige Libelle, die ihr Männchen nach der Befruchtung verspeisen will.

So ein typischer Spruch von ihm. Ina grinst. Inzwischen hat sie längst kapiert, dass Thomas seine Komplimente nie direkt anbringt, immer muss er sie mit seinen klugen Sprüchen verbinden.

Aber neulich, als er ihr das kleine Geschenk brachte? Da war das anders.

Am Tag, als sie ihre Prüfungsergebnisse bekam, stand er vor der Schule, um sie abzupassen. „Für meine königsblaue Fee", hat er erst nur gesagt und ihr das Schächtelchen in die Hand gedrückt.

Es ist definitiv das schönste Geschenk, das ich jemals bekommen habe, denkt Ina.

„Ich gratuliere dir zum bestandenen Abi und wünsche dir alles Gute. Und lass dir ruhig Zeit bei deiner Berufswahl. Ich war vielleicht zu schnell mit meiner Entscheidung, damals vor zehn Jahren."

Und als sie den kleinen Behälter aufklappte: „Die habe ich für dich im Internet ersteigert, sie ist alt und angeblich echt. Die Perlen sollen alte Flussperlen aus Bayern sein. In den Bächen der Eifel gab es früher auch viele Flussmuscheln, zum Beispiel im Perlenbach. Nur in jeder zweitausendsten Muschel findet man eine der kleinen Perlen. Es dauert bis zu vierzig Jahre, bis eine solche Perle entsteht. Flussmuscheln können achtzig Jahre alt werden, also so alt wie ein Mensch. Leider sind sie am Aussterben."

Und schon war er wieder zurück, der alte Thomas, der seine Reden schwang. Er hat ihr sogar das Foto eines alten Gemäldes dazu in die Hand gelegt. Darauf sind Frauen zu sehen, sie sitzen an langen Holztischen. Unter den Tischen stehen Weidenkörbe, voll mit Muscheln. Rote, faltige Hände halten Muscheln, sie scheinen sie aufbrechen zu wollen. Auf dem Tisch liegt ein kleiner Beutel. Man sieht einige Perlen hervorleuchten. Unterm Tisch liegen die Muschelschalen, zertreten von den Holzschuhen der Frauen.

Ich werde diese alte Jugendstilbrosche heute auf dem Abiball tragen, beschließt Ina und legt das Schmuckstück neben ihr Kleid.

Wir werden uns lange nicht mehr sehen, jetzt, wo ich in England studieren werde. Sie merkt, wie ihr Tränen in die Augen steigen und schüttelt heftig den Kopf. Sie versteht nicht, wie Thomas das alles so locker nehmen kann.

„Aber es gibt doch günstige Flüge", hat er gesagt.

Als wäre das so einfach, eben mal vorbeizukommen.

Inas Traum

Trübes Licht, die Sonne kommt näher und näher. Strahlen schieben den Nebel zur Seite, der wie ein Vorhang fällt. Wärme umfängt ihren Körper. Ihre Haut und ihr Kleid leuchten. Das Kleid ist bedeckt von Tausenden Perlen. Mit ihren riesigen Augen kann sie den Stoff heranzoomen. Wie durch ein Mikroskop sieht sie, dass er aus kleinen Tropfen besteht. Sie bewegen sich im Wind, wogend, schwankend. Nun sieht sie: Es sind keine Perlen, sondern Tautropfen. Oder sind es Tränen? Die Sonne löst einen Tropfen nach dem anderen auf. Sie spürt eine Leichtigkeit, sie schwebt. Ihre Arme sind riesige Flügel. Sie gleitet über einen dunkelblauen See.

Danksagung

Danke, Karin Fellner aus München, für die Hilfe bei diesen Jugendgeschichten.

Wir haben gemeinsam mit den jungen Menschen gelitten und gelacht.

Ich glaube, das ist das Wichtigste beim Schreiben. Alles wird lebendiger, wenn man es nachempfinden kann.

Danke, Ralf Wolf aus Jülich, für die liebevolle Gestaltung meiner Bücher.